La mort de Greg Newman

© 2021 Ph. Aubert de Molay/Hispaniola Littératures

Éditeur : BoD-Books on Demand
12-14 rond-point des Champs-Élysées, 75008 Paris
Impression : Books on Demand, Norderstedt, Allemagne

Chargée d'édition HL : Rose Evans

Illustrations : Lucas Aubert (portraits d'Horacio Quiroga)

ISBN : 978-2-3221-7395-2
Dépôt légal : Mai 2021

La mort de Greg Newman

nouvelle

Philippe Aubert de Molay

HISPANIOLA LITTERATURES

Collection 1 nouvelle

Qu'est-ce que c'est ? Qu'est-ce que c'est ? demanda-t-il.
Horacio Quiroga, *Le miel Sylvestre*
in *Contes d'amour, de folie et de mort.*

LA MORT DE GREG NEWMAN

Décédé par morsures animales. C'est ce que conclura l'enquête. Mais sans pouvoir dire de quel animal il s'agit. Car il devait être de très grande taille et capable de dépecer, piétiner, broyer, ouvrir un corps de haut en bas pour engloutir l'essentiel de ses organes et fluides. La bête du Gévaudan, le chien des Baskerville, Tyrannosaure Rex. Au départ, Greg avait été un peu surpris de voir surgir Horacio dans son bureau et à une heure si tardive. Il était près d'une heure du matin, nuit d'encre. Et, détail non négligeable su de Greg, Horacio était mort en 1937. On était dans le premier tiers du XXIème siècle : un bon bout de temps qu'Horacio avait quitté ce bas monde.

— Greg ? demande le visiteur du soir.
— Oui ?
— Je suis Horacio Quiroga (1878-1937).
— Je sais qui vous êtes. Je vous reconnais.
— Il faut me tutoyer. Tu as tellement lu et relu mes nouvelles.
— C'est que je les trouve exceptionnelles. Pourquoi cette visite ?
— Je suis chargé par les esprits de te dire que tu vas mourir.

— Je m'en doutais. Pas pour cette visite je veux dire mais pour ma mort prochaine.
— C'est que tu es en mauvais état. Au plan cardiaque, ce n'est pas la grande forme. Et le reste n'est guère meilleur. Poumons, foie, c'est le désastre. Et cette fois, ça empire.
—Je le sais. Troubles respiratoires, fonte musculaire, nausées permanentes, épuisement physique. Je sombre. Je vais enfin bientôt passer à autre chose.
— Mieux vaut mourir, non ? Traîner, ce n'est pas ton style. Et supplier la vie est une indignité, tu le dis toi-même. Elle ne mérite pas qu'on en devienne l'esclave. Ce n'est pas moi qui te démentirai.
— Parfaitement, mieux vaut arrêter les frais. C'est ainsi que je vois les choses. Je n'ai plus rien à faire ici. Je vais aller voir ailleurs si j'y suis.
— Bien. Reste à choisir comment mourir. Une préférence ?
— Pas encore. Mais tu es un expert, peut-être pourrais-tu m'aider ?
— Tu as un alcool fort ? Armagnac ? J'ai beau être un fantôme, un petit verre me requinquerait et on pourrait à loisir parler défenestration, hydrocution, surdosage médicamenteux, balle en plein cœur, exsanguination, seppuku et autres animations.

Horacio semblait en pleine forme. Un petit côté tueur en série ?

— Au fait, tu as le bonjour de Richard Brautigan, il ajouta, Romain Gary, Ernest Hemingway, Yukio Mishima, Stefan Zweig, Sylvia Plat, Sarah Kane et Virginia Woolf. Eux et moi faisons partie du même club des écrivains suicidés. Une belle bande de bras cassés. On se voit régulièrement.

Horacio Quiroga est un écrivain uruguayen né à Salto Oriental en 1878 et mort à Buenos Aires (Argentine) en 1937. L'existence tout entière d'Horacio est placée sous le signe de la mort : mort de son père (alors que le futur écrivain est âgé de trois mois, il se tire une balle de fusil dans la tête sans que l'on sache s'il s'agit d'un accident ou d'un suicide) ; mort de son beau-père (dix-sept ans plus tard, lequel se suicide d'un coup de revolver sous les yeux du jeune homme) ; suicide de sa première femme en 1915 (suite à la rencontre qu'elle fait, d'après les témoignages de l'époque, une noire nuit de décembre, avec un loup-garou promettant de la dévorer « plus tard », de « revenir pour la goûter ») ; mort enfin de son meilleur ami, Federico Ferrando, accidentellement tué d'une piqûre de Bivarol arsenico-chromé par Horacio lui-même alors qu'ils tendaient tous deux une embuscade au loup-garou en question, lequel court toujours d'après des sources informées. On ne s'étonnera pas que dans ce contexte très particulier les contes et nouvelles publiés par Horacio Quiroga soient placés sous le signe de cette *facilité sinistre de mourir* dont parle Victor Hugo.

Pour voir de quoi il retourne, on pourra lire notamment, dans les *Contes d'Amour, de folie et de mort*, les nouvelles intitulées joliment *La Poule égorgée*, *À la Dérive*, *Les Bateaux-Suicides*, ou encore, dans l'incandescent recueil *Anaconda*, la nouvelle intitulée *Diète d'amour,* dans laquelle le héros, invité à appliquer littéralement l'adage « vivre d'amour et d'eau fraîche », meurt lentement et paisiblement de faim.

— Tu écris quoi ces temps-ci ? demande Horacio.
— Une nouvelle. *La Mort de Greg Newman.*
— Qui parle de ?
— Ma mort. Et, juste avant, de la visite spectrale de l'écrivain Horacio Quiroga au dénommé Greg Newman, un peu surpris mais pas tant que ça.
— Je vois.
— Et toi qu'écris-tu ?
— Moi ? Rien ! Depuis que je suis mort, je vis enfin. Pas besoin de l'écriture pour trouver une raison de respirer. Je voyage, je dors, je m'éveille sans crainte, mon corps me laisse en paix. Quel luxe. Je suis trépassé depuis 1937, fais le calcul : j'ai bénéficié de longues années heureuses pour me remettre de mon éprouvant et inutile passage sur terre. En vérité, je te le dis mon frère : la mort est un inattendu et inestimable cadeau, tu verras. Mais revenons à nos moutons : n'as-tu pas publié un roman, *Noeland* ?
— Si. Pourquoi ?
— Quel en est son sujet ?

— Un récit d'aventure encore. Voici le pitch un peu propagandiste de l'éditeur : *De nos jours la planète Jupiter, c'est Noeland. Une effroyable guerre civile oppose les lutins de l'Ecarlate (le père Noël) à ceux du Plus Mort Que Vif (le père Fouet-Hard). L'héritier du Noeland y ayant trouvé refuge, le conflit va bientôt s'étendre à la Terre (laquelle ignore tout de la puissante civilisation techno-magique noelandaise). Mêlant action et magie, gravité et humour, questionnement sur la violence, l'amour et l'écologie, cette inédite trilogie d'aventure mixe Science-Fiction et Fantasy. NOELAND est une trilogie romanesque déjantée et inoubliable. L'histoire de Noël (mais pas que !) que l'on attendait.*

— D'accord. Je vais lire ça. On meurt comment dans ce roman ?

— C'est varié. Crash d'aérotraîneau de combat ou de transport, bataille de rue, noyade, fusillade, bagarre à mains nues avec des lutins cannibales, bombardements, de froid, de chaud, de chagrin, dévoré par une poule géante…

— … Dévoré par une poule géante ? Voilà qui est original et pourrait avoir méchamment de la gueule.

Atteint d'un cancer de la prostate, Horacio devait mettre fin à ses jours dans un hôpital de Buenos Aires, en avalant une pilule de cyanure. Il avait cinquante-neuf ans. En 1937 donc. Les cendres de l'écrivain ont été déposées dans un cylindre métallique pour les insérer ensuite dans un buste de bois le représentant avec son petit air sceptique. Sculptée par l'artiste russe Stephan Erzia à partir d'une racine d'un arbre de la forêt sud-américaine, cette œuvre est visible à Salto, en Uruguay, la ville natale d'Horacio. Sur place, on peut visiter la maison de jeunesse de l'auteur, devenue un musée-mausolée. Salto, c'est aussi, sous un vaste ciel soumis aux orages violents, le puissant fleuve Uruguay, baignant la ville dans une sorte d'étrange immobilité émeraude. Traditionnelle torpeur. En langue guarani, le nom de ces eaux signifie poétiquement « rivière des oiseaux peints ».

— Sais-tu comment se procurer une pilule de cyanure ? demande Greg.
— Me copier ne serait pas faire preuve d'une grande originalité.
— Tu as une meilleure idée, Horacio ?
— Cette histoire de poule géante m'intéresse. J'aimerais en savoir plus à ce sujet.

Très bien tu l'auras voulu et on va croire que c'est de la publicité mais pas moyen de faire autrement, voici un extrait de *Noeland* :

Cet archipel, non loin de Christmas, est un cauchemar. On nous parachutait dans des vallées perdues à trois semaines de marche de l'unique ville fortifiée, Cocorico Bueno. L'objectif de notre patrouille de huit lutins était de rallier le plus rapidement possible ce repaire de traîne-savates professionnels, de prétendus pèlerins en route vers les antiques temples des pré-Murfuliens et de chercheurs d'œufs géants. Forêts épaisses et hivernales, vallées impénétrables cernées de pics sans noms. Rivières en furie, pluie et neige presque perpétuelle. Et sur les hauts plateaux, la surprise des jungles sans fin Des nuits courtes dans les frondaisons, les repas froids tout feu interdit. Le risque de noyade dans des torrents géants, de chute terrible durant ces escalades monstrueuses. Et une rumeur insistante voulant qu'un peuple de lutins cannibales, anciens pirates exilés par l'un des premiers Pères Noël, ait survécu sur place dans la haine du Noeland. Les Piratapaches. Des guerriers féroces ne pensant qu'embuscade et corps à corps, massacre et vengeance. Voilà pour l'agréable décor des îles Mégadindes. Sans compter que notre vaillante petite troupe devait éviter la pire des menaces, celle qui nous paralysait de peur : se faire pister, chasser et gober par l'une de ces redoutées dindes géantes. Des volatiles de dix tonnes et quinze mètres de haut, carnivores, d'une cruauté sans pareille, capables de dépiauter vif un lutin en quelques minutes pour l'avaler en moins de temps qu'il n'en faut pour le lire.

L'œuvre d'Horacio, marquée par le modernisme et le décadentisme (dont l'érotisme est une marque de fabrique), présente une série de récits menés tambour battant d'où jaillit une galerie particulièrement riche et truculente de personnages d'assassins, fétichistes, sadiques, masochistes, nécrophiles, déments et orphelins, opprimés et captifs de toute sorte, revenants, vampires et loups-garous. Chez Horacio, la vie est une dépeceuse, une bouchère, une dévoreuse. Elle tue comme elle fait respirer. Où est-il allé chercher une telle idée ?

Ainsi que l'écrit Christophe Larrue (Université Paris 3 – Sorbonne Nouvelle) dans *Mordre, dévorer et piétiner : trois impératifs érotiques chez Horacio Quiroga*, (revue América , 45/ 2014, p.137-145, mise en ligne le 01 février 2015, Référence électronique data BK909 : http ://america.revues.org/840) : *Alors que dans la langue courante la dévoration érotique est une métaphore lexicalisée du désir, elle est prise dans un sens littéral dans de nombreux textes* (d'Horacio)*, dont bien sûr ceux à thématique vampirique.*

Greg : si je comprends bien, tu proposes que je me fasse déchiqueter par une dinde géante ?
Horacio : et pourquoi pas ? Une belle mort. Audacieuse, tonique, colorée. Pour ainsi dire digne de toi. Un hommage à la fiction à laquelle tu auras rendu un culte toute ta vie. Pour un scénariste de bande dessinée et de jeu vidéo, ce serait incontestablement un joli baroud d'honneur. Etre dévoré par un animal monstrueux qu'il a lui-même imaginé. De quoi mourir en vie. J'imagine que ma suggestion exerce une certaine et inattendue incontestable séduction sur toi ? N'est-ce pas ?

Greg : je ne peux pas le nier, hombre. Et je la trouve où la volaille géante ? Sûrement pas dans la rue en bas de chez moi ni dans cette nouvelle un peu abracadabrantissime qu'est *La Mort de Greg Newman*...
Horacio : quelle question ! Tu trouveras ta poule là où elle est : dans ton roman *Noeland*, pardi ! Il suffit de quelques incantations voodoo pour la faire apparaître ici-même, dans ce bureau, si tu veux.

Temps mort. La stupéfaction sans doute.

Greg : une apparition ? Mais... comment...
Horacio : je suis bien là, moi. Devant tes yeux. Dans la vie – et dans la mort – il faut croire surtout à ce qu'on ne voit pas. Le visible est si limité, si pauvre, si prévisible. Ne fais pas trop confiance au réel.

Autre petit extrait tout spécialement choisi car de circonstance de ce bon vieux roman *Noeland* :

Il y a ce que nos oreilles peuvent entendre, ce que nos yeux peuvent voir, ce que nos gestes peuvent dire, ce que notre entendement peut mesurer. Ce que l'on nomme, faute de mieux, le réel. Et il y a ce que la partie profonde de notre être devine, ce dont elle a l'intuition. Ce qui concerne la haine et l'amour, l'indifférence – qui est une forme cachée de haine – et la bienveillance – qui est une forme visible d'amour – L'antique philosophie lutine est basée sur cette seconde approche du vivant. Deviner.

Les lutins ne sont pas assez raisonnables pour placer la raison au-dessus de tout. Ils préfèrent s'abandonner avec naturel à l'intuition, à ce qu'on devine. Je viens d'une très ancienne famille de prêtres, paraît-il. Mes morts ont souvent été des gens de croyance, des raconteurs d'histoire diront certains. Mais leurs histoires, si souvent dites et redites, ont pénétré leur sang, leur chair, leur âme. Je suis resté un peu prêtre. Je devine. Je devine qu'une poule géante va me dépiauter vif.

Mort par morsures animales.

C'est ce que finit par conclure l'enquête. Même si le terme *morsures* est plutôt inapproprié, rendant faiblement justice à la réalité. Mais le légiste ne voyait pas quel autre mot employer. *Charcuter* peut-être. Ou, pour utiliser un verbe moins vernaculaire, *dilacérer*. Ceci sans pouvoir dire de quel animal il s'était agi. Car cette bête inconnue sur terre devait être de très grande taille et capable de dépecer, piétiner, broyer, ouvrir un corps de haut en bas pour engloutir l'essentiel de ses organes et fluides. Quoiqu'il en soit, Greg Newman, scénariste, est mort et bien mort. On savait qu'il était malade du cœur, qu'il était devenu un infirme incapable de vivre debout. Dans un sens, sa disparition est une bénédiction. Sur son visage à peu près épargné par l'agression, difficile de faire la différence entre la grimace et le sourire. Le défunt ressemble à un boxeur ayant perdu le combat. Il navigue enfin vers d'autres étoiles. La constellation du Dragon probablement (visibilité : Entre 90° N et 15° S). Après tout un dragon n'est-il pas une sorte de grosse poule à l'allure noble et guerrière ? Les mains dures de Greg, semblables à la pierre des statues serrent un livre sacré (Points Seuil n° R586). Le recueil d'Horacio Quiroga *Contes d'amour, de folie et de mort*.

Horacio et Greg s'en sont allés rejoindre ce bleu mouillé du crépuscule, ce voile de netteté qui s'émiette comme un nuage dans l'immensité. Ils font désormais partie de ce ciel de verre chaud. Ils sont enfin tombés, une fois pour toutes, dans la gueule du loup. Là-bas, en Uruguay, au cœur de ce pays de colombes tristes et de lumières paisibles dans l'ombre des grands arbres, une petite chanson des rues caramélisées de soleil murmure comme une source en prétendant que : *Ce monde n'est qu'un songe à raconter*.

C'est le silence.

La nuit complice.

C'est ailleurs.

Ce monde n'est qu'un songe à raconter.

Dans le bariolage des cris d'oiseaux, l'air se teinte bientôt d'un doré de rideau, séparant l'en-deçà et l'au-delà. Le temps s'évanouit, c'est la dislocation des taciturnes. Comme en début d'après-midi, dans la rumeur bouillante des Amazonies, tout s'endort. L'amour se fait entre la forêt et le fleuve, entre nos souvenirs heureux et un présent de contrebande. C'est le moment des adieux entre les vivants et les morts. Même si la route s'arrête soudainement sous ses pieds, même si l'écriture se perd au bord du cahier de brouillon, de la feuille A4 ou devant l'impossible débordement du traitement de texte, Greg sent venir des idées d'histoires. Tu les raconteras désormais aux aimables fantômes et fantômettes déclare Horacio en souriant. Car nul ne franchit jamais la frontière entre ce qui s'est écrit et ce qui, pour toujours mon ami, restera tu.

(*La mort de Greg Newman*, 2012. Nouvelle publiée in *Douleur fantôme*, Hispaniola Littératures/BoD 2021, première version publiée in *Boxer dans le vide*, Souffle court, 2017)

Avec le soutien de Rose Evans, Olivier Millet (*Hispaniola Littératures*) / Anastasia Tourgeniev, Ludmilla de Monfreid et Zoé Agbodrafo (*Totemik CrowFox*) / Laurent Battistini, Piotr Bish et Aksana L. Oulitskaïa (*Neness Danger*) / *BoD*. Merci à Horacio Quiroga et à Lucas Aubert. **Mise en édition** : Rose Evans (*Hispaniola Littératures*) / **La mort de Greg Newman** / Éditrice : Rose Evans / Illustrations de couverture : Lucas Aubert / Correctrice : Babeth Huard / Maquette et mise en pages : Anastasia Tourgeniev / Dépôt légal mai 2021 / ISBN 9782322173952 / Imprimé en Allemagne / www bod.fr / www.aubert2molay.vpweb.fr / © Ph.A2M, 2021 © Hispaniola Littératures, 2021.

du même auteur chez Hispaniola Littératures
Collection L'Inimaginée
(Littérature de l'imaginaire)
-PETIT TRAITE DE SORCELLERIE ET D'ECOLOGIE RADICALE DE COMBAT
-DOULEUR FANTÔME
Collection L'imaginable
(Littérature blanche)
-SAPIN PRESIDENT
Collection 1 nouvelle
-TOUTE PETITE FILLE DES DRAGONS
-SUPERETTE
-LA HAUTEUR
-LA MORT DE GREG NEWMAN

www. aubert2molay.vpweb.fr

Collection 1 nouvelle